ESTE LIBRO
PERTENECE A

¿YA CONOCES A TODOS LOS MONSTRUOS?

APRENDE A LEER
- en la -
ESCUELA de MONSTRUOS

Ilustraciones de **CHRIS KENNETT**

SALLY RIPPIN
Adaptación de **MAR BENEGAS**

CUIDADO CUANDO ME ENFADO

Montena

CUIDADO. NO ENTRES.
PELIGRO.
MEJOR NO ABRAS
ESTE LIBRO.

LA ESCUELA de MONSTRUOS
HA ABIERTO
SUS PUERTAS.

SI SALES
CORRIENDO,
¡SEGURO QUE
ACIERTAS!

A VECES, LUCÍA ESTÁ MUY FELIZ,

PERO OTRAS SE ENFADA
Y ARRUGA LA NARIZ.

GRUÑENDO Y GRITANDO,
SE PONE FURIOSA,

CUANDO ESTÁ ENFADADA PARECE UNA OSA.

CRISTINA SE ASUSTA:
—¡ES MONSTRUOSA!

—LE DICE A PAMELA,
MUY SIGILOSA.

SE ACERCA A LUCÍA,
PARA VER SI SE
CALMA,

PERO ES QUE SU ENFADO LE SALE DEL ALMA.

—A MÍ ME PASA IGUAL CON LAS EMOCIONES:

A VECES SE DESBORDAN Y SALEN A MONTONES.

—¿Y CÓMO LAS CONSIGUES CALMAR?

QUIERO APRENDER A PODERLAS PARAR.

—DE NIÑA ME DIERON ESTE CALCETÍN.

YO TE LO REGALO,
SE LLAMA TINTÍN.

—ESCÚCHALO BIEN,
ES MUY INTELIGENTE,

ÉL TE ENSEÑARÁ A CALMAR TU MENTE.

Y TINTÍN LE DICE
QUE ES MEJOR SI
ALMUERZA,

CAMBIARÁ SU HUMOR
Y LE DARÁ FUERZA.

AL COMERSE EL ALMUERZO, DE PRONTO, LUCÍA

YA NO ESTÁ FURIOSA, ¡SE HA ARREGLADO SU DÍA!

AL DÍA SIGUIENTE EMPIEZA A ESTAR **RABIOSA**,

PERO ENTONCES,
TINTÍN LE CUENTA
OTRA COSA.

—ES QUE TU DÍA HA SIDO AGOTADOR,

SI DUERMES LA SIESTA CAMBIARÁ TU HUMOR.

A VECES, SOLAMENTE NECESITA REPOSO,

Y OTRAS VECES,

JUGAR ES FABULOSO.

HAY DÍAS QUE QUIERE

UN BOCATA DE QUESO.

Y OTROS QUE SOLO QUIERE UN BESO.

AHORA, LUCÍA ESTÁ MÁS CONTENTA,

Jana

PERO TEN CUIDADO
SI LA VES...
¡HAMBRIENTA!

PRRT
Ana

APRENDE PALABRAS NUEVAS

FELIZ

RABIOSA

FABULOSO

CALMAR

FURIOSA

NARIZ

OSA

CONTENTA

QUESO

MONSTRUOSA

ALMA

ALMUERZA

INTELIGENTE

TINTÍN

FUERZA

MENTE

EMOCIONES

PARAR

LUCÍA

MONTONES

HAMBRIENTA

AGOTADOR

HUMOR

BESO

CALMA

REPOSO

COSA

CALCETÍN

DÍA

CÓMO USAR ESTE LIBRO

¡Aprende a leer en la Escuela de Monstruos!

Uno de los mayores placeres de los pequeños lectores es escuchar leer en voz alta a los mayores. Leer y contar cuentos es la mejor forma para que asocien los libros con una experiencia divertida, y es un momento perfecto para que se familiaricen con el lenguaje y aprendan a leer.

TRUCOS Y RECURSOS PARA GUIAR Y MEJORAR LA LECTURA

- Es recomendable comentar juntos y hacerles preguntas sobre qué ven en las imágenes para ayudarles a complementar la historia.
- Según avanzamos en la lectura, podemos ir siguiendo el texto con el dedo de izquierda a derecha, esto les ayuda a incorporar ese movimiento visual para aprender a leer.
- Para ayudarles a aprender las palabras que no conocen podemos indicarles el sonido de algunas letras. Es recomendable

referirse a las letras tal como suenan y no tal como se dicen. Es decir la "eme" será "m", no "eme".

- Podemos ir señalando las palabras destacadas en fucsia y blanco para que se familiaricen con ellas y las integren en su vocabulario. Según vaya incrementándose su confianza, es conveniente hacer una pausa en las palabras destacadas para que las pronuncien sin ayuda.
- Luego podremos volver a practicar estas palabras usando la lista que se encuentra al final del libro.

Poco a poco los pequeños lectores se sentirán preparados para enfrentarse a la lectura de todo el libro sin ayuda. Incluso se atreverán a inventarse sus propias historias de monstruos. ¡Imaginación al poder!

Sally Rippin es una de las autoras infantiles más exitosas y apreciadas del mundo. Ha escrito más de cincuenta libros para niños y jóvenes, y ha obtenido numerosos premios por su escritura. Sus libros más conocidos son *Billie B Brown*, *Hey Jack!* y las series Polly y Buster. A Sally le gusta mucho escribir historias emotivas, así como personajes con los que se identifiquen tanto niños como padres y maestros.

WWW.SCHOOLOFMONSTERS.COM

CÓMO DIBUJAR A LUCÍA

① Usando un lapicero, empieza con dos círculos para los ojos, una boca sonriente, nariz y una gran curva para el ala del sombrero.

② Dibuja un poco de cabello despeinado que cuelgue a cada lado de su cara. Luego añade una forma de plátano para el sombrero y una línea curva para la parte inferior de su cara.

③ Dibuja dos círculos y una línea para las gafas. Añade un cuerpo rectangular.

④ Ahora dibuja la parte superior del sombrero. También dos mangas y dos piernas, y tres triangulitos para el cuello.

(5) Dibuja dos brazos y dos botas pequeñas. Añade cejas y pestañas también. Puedes usar una goma para borrar las líneas de las mangas.

(6) ¡Es el momento de los detalles finales! Dibuja líneas para el cinturón y las muñequeras. No olvides dos círculos extra en las gafas. ¿Y por qué no probar también con una versión de Lucía enfadada?

Chris Kennett lleva dibujando desde que es capaz de sostener un lápiz (o eso dice su madre). Profesionalmente, Chris ha estado dibujando personajes extravagantes durante los últimos veinte años. Es muy conocido por dibujar las criaturas extrañas y maravillosas de la saga de Star Wars, pero también le encanta dibujar monstruos tiernos y adorables, ¡y espera que tú también lo hagas!

ESCUELA de MONSTRUOS

¿HAS LEÍDO TODOS LOS LIBROS DE LA COLECCIÓN?

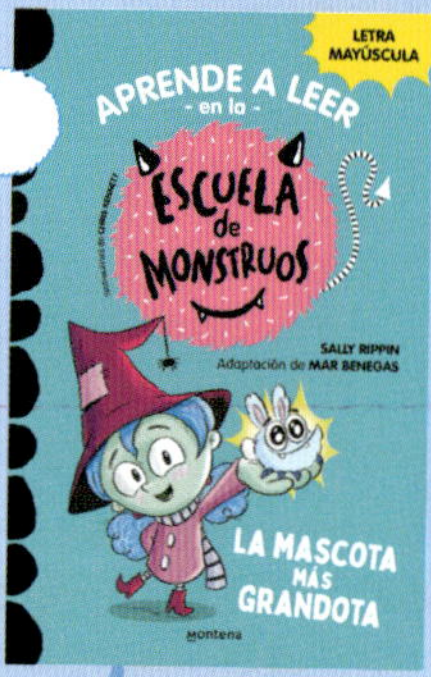

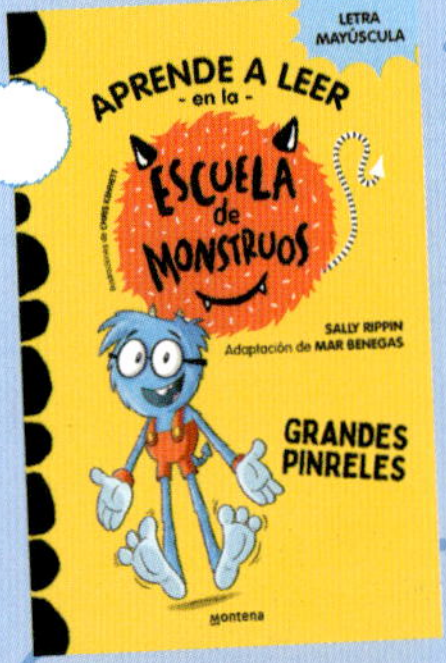

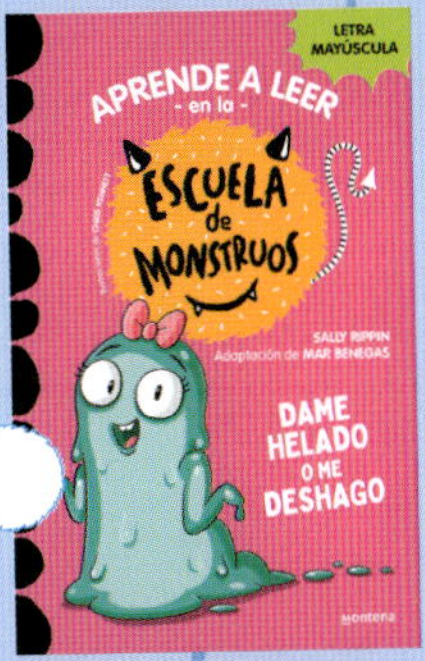
LETRA MAYÚSCULA
APRENDE A LEER
- en la -
ESCUELA de MONSTRUOS
SALLY RIPPIN
Adaptación de MAR BENEGAS
DAME HELADO O ME DESHAGO
montena

LETRA MAYÚSCULA
APRENDE A LEER
- en la -
ESCUELA de MONSTRUOS
SALLY RIPPIN
Adaptación de MAR BENEGAS
PRIMER DÍA. ¡QUÉ ALEGRÍA!
montena

LETRA MAYÚSCULA
APRENDE A LEER
- en la -
ESCUELA de MONSTRUOS
SALLY RIPPIN
Adaptación de MAR BENEGAS
UNA IDEA SOBRE RUEDAS
montena

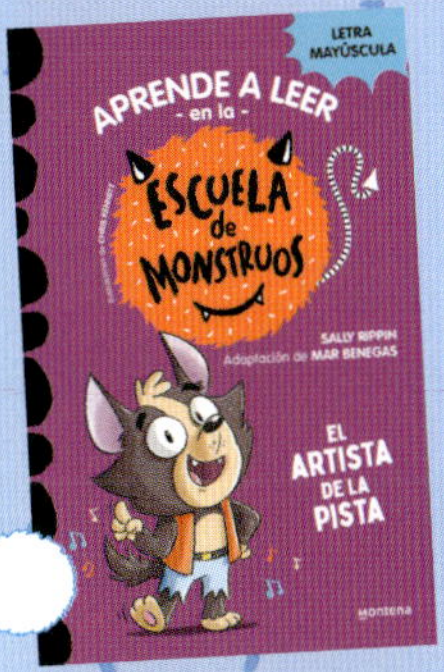
LETRA MAYÚSCULA
APRENDE A LEER
- en la -
ESCUELA de MONSTRUOS
SALLY RIPPIN
Adaptación de MAR BENEGAS
EL ARTISTA DE LA PISTA
montena

LETRA MAYÚSCULA
APRENDE A LEER
- en la -
ESCUELA de MONSTRUOS
SALLY RIPPIN
Adaptación de MAR BENEGAS
APESTOSO PERO DELICIOSO
montena

LETRA MAYÚSCULA
APRENDE A LEER
- en la -
ESCUELA de MONSTRUOS
SALLY RIPPIN
Adaptación de MAR BENEGAS
CUIDADO CUANDO ME ENFADO
montena

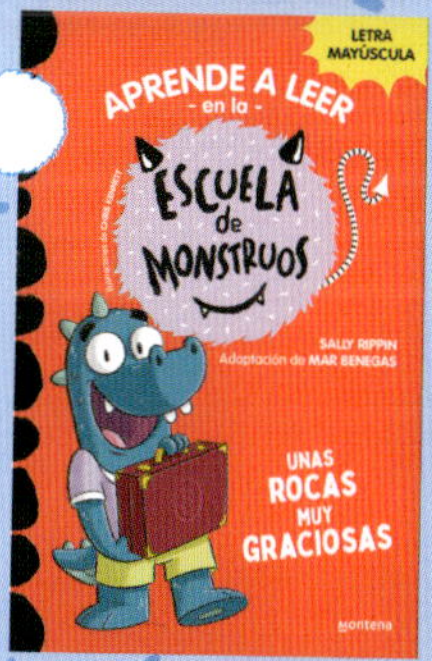
LETRA MAYÚSCULA
APRENDE A LEER
- en la -
ESCUELA de MONSTRUOS
SALLY RIPPIN
Adaptación de MAR BENEGAS
UNAS ROCAS MUY GRACIOSAS
montena

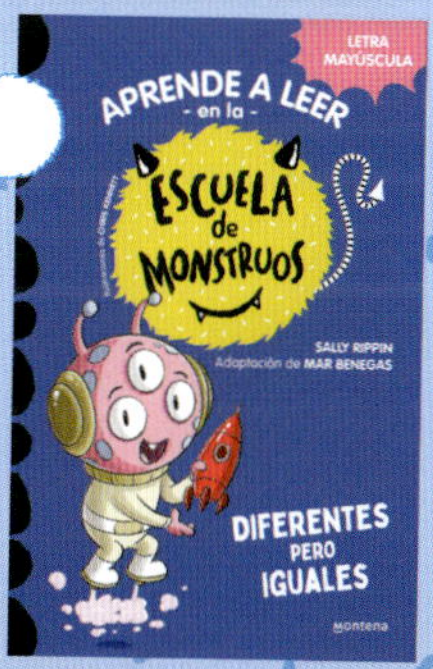
LETRA MAYÚSCULA
APRENDE A LEER
- en la -
ESCUELA de MONSTRUOS
SALLY RIPPIN
Adaptación de MAR BENEGAS
DIFERENTES PERO IGUALES
montena

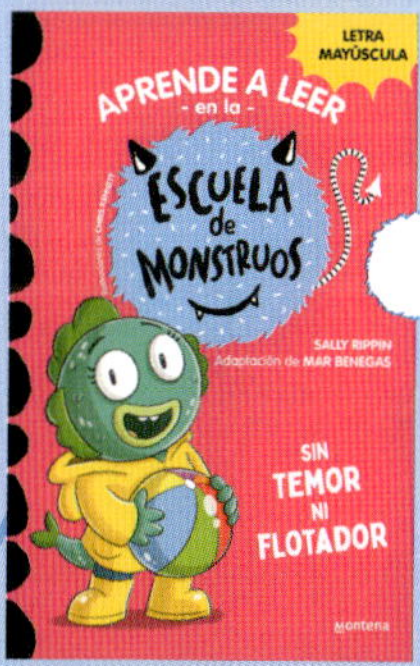
LETRA MAYÚSCULA
APRENDE A LEER
- en la -
ESCUELA de MONSTRUOS
SALLY RIPPIN
Adaptación de MAR BENEGAS
SIN TEMOR NI FLOTADOR
montena

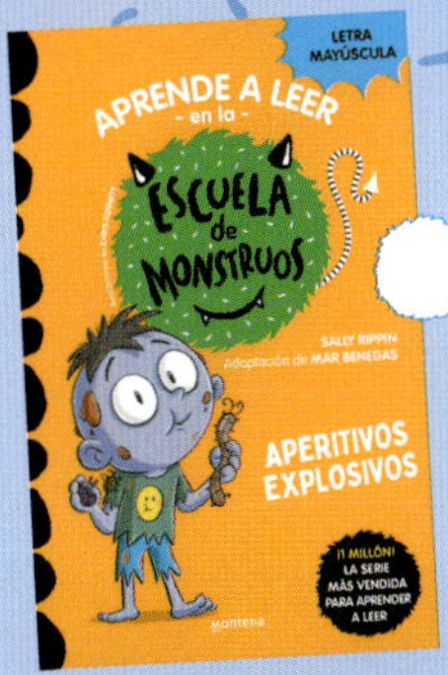
LETRA MAYÚSCULA
APRENDE A LEER
- en la -
ESCUELA de MONSTRUOS
SALLY RIPPIN
Adaptación de MAR BENEGAS
APERITIVOS EXPLOSIVOS
¡1 MILLÓN! LA SERIE MÁS VENDIDA PARA APRENDER A LEER
montena

LETRA MAYÚSCULA
APRENDE A LEER
- en la -
ESCUELA de MONSTRUOS
SALLY RIPPIN
Adaptación de MAR BENEGAS
UNA FIESTA QUE NO RESTA
¡1 MILLÓN! LA SERIE MÁS VENDIDA PARA APRENDER A LEER
montena

Papel certificado por
el Forest Stewardship Council®

FSC
www.fsc.org
MIXTO
Papel | Apoyando la silvicultura responsable
FSC® C117695

Penguin Random House Grupo Editorial

Título original: *Jacks Many Moods*

Primera edición: junio de 2024
Cuarta reimpresión: octubre de 2025

Printed in Spain – Impreso en España

ISBN: 978-84-19650-97-9
Depósito legal: B-7.819-2024

Compuesto por: Marc Cubillas
Impreso en Talleres Gráficos Soler
Esplugues de Llobregat (Barcelona)

GT 5 0 9 7 9